Liebe Eltern,

jedes Kind ist anders. Darum muss sich
die konzeptionelle Entwicklung von
Lesetexten für Kinder unbedingt an den
besonderen Lernentwicklungen des
einzelnen Kindes orientieren. Wir haben deshalb für
unser Bücherbär-Erstleseprogramm 5 Lesestufen
entwickelt, die aufeinander aufbauen. Sie entsprechen
den Fähigkeiten, die notwendig sind, um das Buch zu
(er-)lesen und zu verstehen. Allein das Schuljahr eines
Kindes kann darüber nur wenig aussagen.
Welche Bücher für Ihr Kind geeignet sind, sehen Sie in
der Übersicht auf der Buchrückseite.
Unser Erstleseprogramm holt die unterschiedlich
entwickelten Kinder dort ab, wo sie sind. So gewinnen sie
Lesespaß von Anfang an – hoffentlich ein Leben lang.

Prof. Dr. Peter Conrady
*Hochschullehrer an der Universität Dortmund
und Erfinder des Leselern-Stufenkonzepts*

In Zusammenarbeit mit dem *Westermann* Schulbuchverlag

Dieses Buch gehört:

_____

Nortrud Boge-Erli
wurde 1943 in Ungarn geboren und ist in Baden-Württemberg aufgewachsen. Nach Lehramtsstudium und Mutterberuf ist sie seit vielen Jahren in Sachen Literatur tätig.
Inzwischen sind mehr als 60 Bücher entstanden, die in viele Sprachen übersetzt wurden.

Kathrin Treuber
wurde in Bremen geboren. Sie studierte Kommunikationsdesign und Illustration. Seit 1997 arbeitet sie als freiberufliche Illustratorin und hat seitdem viele Kinderbücher gestaltet.

Nortrud Boge-Erli

Vampirgeschichten

Mit farbigen Bildern von Kathrin Treuber

Arena

Inhalt

Die Knoblauchschlacht
auf dem Friedhof   10

Vampirparty   24

Wenn Vampire sich verlieben   38

Eine seltsame Freundschaft   48

Draki, Pia und Solus Spitzbiss   58

Die Knoblauchschlacht auf dem Friedhof

„Du, Mucke", flüstert meine Freundin Isabella zu mir, „ich hab da was Seltsames beobachtet. Also beim Friedhof, wo die alten Grabsteine stehen, weißt du, die mit den Engeln aus Marmor..."

„Weiß ich, und? Mach's nicht so spannend", sage ich. „Was hast du beobachtet? Fliegen die Engel seit Neuestem um die Grabsteine herum, oder was?"

„Die Engel nicht", erzählt Isabella und guckt mich so verstört an, dass ich Gänsehaut kriege, „aber... Vampire!"

„Was?" Jetzt kriege ich Kulleraugen. „Sagtest du Vampire? Du meinst wahrscheinlich Fledermäuse."

„Nee, Mucke", raunt sie. „Ich hab es genau gesehen. Es sind Vampire. Es wimmelt nur so von ihnen. Da ist genauso viel los wie bei uns auf dem Pausenhof."

Isabella und ich wohnen nämlich im Friedhofsweg. Wenn wir unseren Schulweg abkürzen wollen, gehen wir durch den Friedhof. Logo. Ach ja, und in Isabella bin ich verliebt. Na ja, nur ein bisschen. Merkt man das sehr?

Jetzt ist Mittag, und wir gehen durch den Friedhof nach Hause. Hier ist alles ganz normal. In den Bäumen hocken nur ein paar Krähen.

„Also wahrscheinlich hast du dich geirrt", sage ich. „Es sind bestimmt Fledermäuse. Die wohnen in alten, hohlen Bäumen und tun keinem Menschen was. Wär doch gut, wenn wir eine fangen könnten. Wir nehmen sie dann mit zum Sachkundeunterricht."

„Es sind aber keine Fledermäuse. Glaub mir doch, Mucke. Ich kann das unterscheiden. Es sind Vampire!"
„Na gut", sage ich, „dann hol ich dich heute so gegen fünf Uhr ab, wenn es dunkel wird. Dann zeigst du sie mir."
Isabella drückt meine Hand:
„Einverstanden!"
Glührot versinkt die Sonne hinter den uralten Friedhofsbäumen.

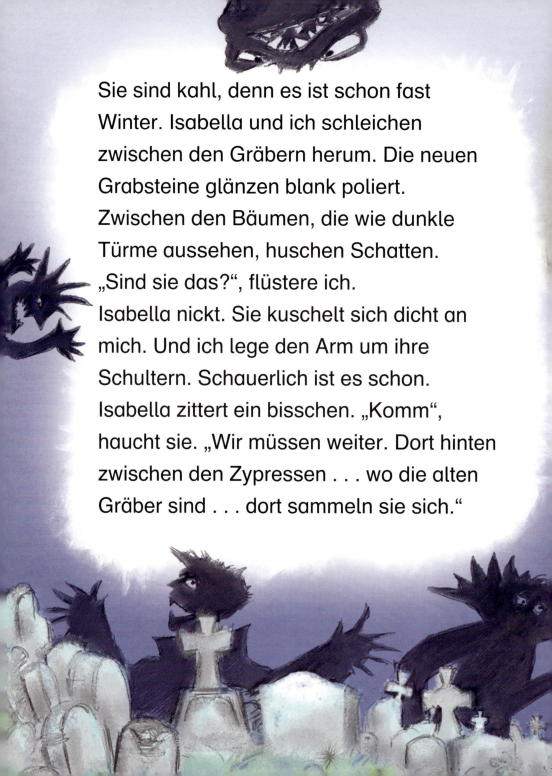

Sie sind kahl, denn es ist schon fast Winter. Isabella und ich schleichen zwischen den Gräbern herum. Die neuen Grabsteine glänzen blank poliert. Zwischen den Bäumen, die wie dunkle Türme aussehen, huschen Schatten.
„Sind sie das?", flüstere ich.
Isabella nickt. Sie kuschelt sich dicht an mich. Und ich lege den Arm um ihre Schultern. Schauerlich ist es schon. Isabella zittert ein bisschen. „Komm", haucht sie. „Wir müssen weiter. Dort hinten zwischen den Zypressen . . . wo die alten Gräber sind . . . dort sammeln sie sich."

Wir verstecken uns in einem gewaltigen Baum. Sein Stamm teilt sich in drei Teile, und wir kauern wie in einem Nest mittendrin. Die Sonne ist untergegangen. Tiefblau hüllt uns die Dunkelheit ein. Isabella schmiegt sich wieder dicht an mich. Das beruhigt uns beide, denn unsere Herzen klopfen und pochen gewaltig. Vorsichtig spähen wir durch die Zweige. Und . . . da sind sie tatsächlich. Keine Fledermäuse. Vampire. Genauer gesagt . . . Vampirkinder. Ein ganzer Schwarm.

Sie purzeln aus der Luft oder hopsen aus den Kronen der alten Bäume. Alle tragen schwarze Flatterumhänge, und nur ihre Gesichter schimmern gruselig weiß.
Kaum haben sie den Boden berührt, laufen sie auf das große, alte Grab mit den Marmorsäulen zu, das wie ein Haus aussieht. Dort verschwinden sie.
Gebannt starren Isabella und ich auf den Spuk, bis das letzte Vampirchen verschwunden ist.

Isabella fasst meine Hand. „Was ich gesagt habe, stimmt doch, Mucke! Es ist total gruselig!" Sie schaudert.
„Du hattest recht, Isabella", sage ich.
„Aber jetzt will ich es wissen. Ich wüsste zu gern, was sie in dem alten Grab machen."
„Reingehen? Nein, Mucke, das ist viel zu gefährlich!"
„Ich hätte da so eine Idee."

„Was denn für eine Idee?" Isabella klettert nach mir aus dem Baumnest.
„Morgen gehen wir noch mal hierher. Aber verkleidet."
„Du meinst . . . wir sollten?"
„Klar", sage ich, „wir gehen einfach mit den Vampiren. Aber wir schützen uns. Das ist ja wohl klar. Knoblauchzehen und Kreuze sind Pflicht!" Isabella schaut mich so an, als ob sie mich bewundert.
Zu Hause bereite ich alles vor.
Am nächsten Tag bin ich total kribbelig, bis es endlich so weit ist.
Unsere Verkleidung ist perfekt. Um den Hals haben wir Lederbändchen mit Silberkreuzen vom Jahrmarkt. In den Taschen unserer schwarzen Jeans dicke Knoblauchzehen. Die Gesichter haben wir mit Babycreme weiß gefärbt.

Unsere Umhänge wehen im Nachtwind.
Und unter den Umhängen zittern wir beide
ein wenig – ehrlich gesagt.
Wieder schwirrt und rauscht es um uns
herum. Diesmal verstecken wir uns nicht.
Wir gehen ganz harmlos weiter, als ob wir
dazugehören.
Isabella drückt meine Hand. „Sollen wir
nicht doch lieber umkehren?", wispert sie.
Aber es ist schon zu spät.

Aus der kahlen Buche springen eins, zwei, drei, vier . . . fünf Vampirkinder. Zwei sind größer als ich. Oje! Sie stellen sich dicht vor uns hin und schnuppern mit ihren weißen Nasen und blecken die Zähne mit den langen Hauern. Isabella kreischt.
Mir klopft das Herz im Hals. „Menschen, echte Menschen!", schreit ein besonders gruseliger Vampir.
Sofort wimmeln sie alle um uns herum.
„Lasst sie nicht entkommen!"

„Wir nehmen sie mit in die Schule! Und zeigen sie Herrn Beißgern, unserem Biolehrer."

„Wa-a-as?" Endlich habe ich meine Sprache wieder. „Schule? Gehen Vampirkinder auch in die Schule?"

„Ja, klar. Was denkt ihr denn?"

Das längste, dürrste Vampirmädchen stellt sich kühn vor mich. Sie stemmt die Krallenhände in die Hüften und fletscht ihre Zähne. „Wir lernen zurzeit, wie die Affenmenschen funktionieren!", sagt sie, „und wie man sich gegen sie schützt und sie unschädlich macht!"

„Was sind denn Affenmenschen?"

„Solche wie ihr! Die von den Affen abstammen und nicht von den Fledermäusen wie wir!", kreischt ein dicker Vampirjunge.

21

Er springt in die Luft wie ein Ball und verwandelt sich doch tatsächlich in eine Fledermaus mit riesigen schwarzen Flügeln. Gleich machen es ihm drei andere

Vampire nach. Sie sausen über unseren Köpfen herum und greifen nach uns. Da reicht es mir. Ich reiße die Knoblauchzehen aus den Taschen und werfe sie nach den Vampiren. Isabella macht sofort mit.
Und dann laufen wir, werfen und laufen, keuchen und jagen, bis wir beim Friedhofstor ankommen. Wir schleudern es hinter uns zu, dass es nur so scheppert. Seither sind wir nie wieder im Dunkeln über den Friedhof gegangen. Aber Isabella sagt immer wieder: „Mucke, du warst einsame Spitze. Einfach genial, wie du mit dem Knoblauch herumgeballert hast." Sie schaut mich so lieb an dabei. Ich glaube fast, sie ist jetzt auch in mich verknallt.

Vampirparty

„Bist du immer noch nicht fertig mit
Zähneputzen? Was machst du denn die
ganze Zeit im Bad?" Mama klang echt
knatschig. „Du musst ins Bett. Es ist schon
halb zehn!"

„Ja, gleich." Malte verschloss leise das
Fenster. „Bin auf der Toilette." Er zog die
Spülung, obwohl es gar nicht nötig war.
Er hatte nämlich in den gespenstisch
beleuchteten Garten geguckt. In die alte
Villa gegenüber waren anscheinend Leute
eingezogen. Ein alter Herr und eine alte
Dame mit weißen Lockenperücken und
Kostümen aus längst vergangener Zeit.
Sie wanderten durch die verstaubten
Räume. Dabei gab es weder Glasscheiben
noch Vorhänge an den Fenstern.

Eigentlich, dachte Malte, kann man in einem so vergammelten Haus gar nicht wohnen. Was machen die zwei dort?

Der alte Herr trug einen großen, silbern funkelnden Kerzenleuchter.

Vielleicht schauen sie sich an, was alles repariert werden muss, dachte Malte.

Leider konnte er sie nur vom Badezimmer aus beobachten. Und nur, wenn es dunkel war.

Jetzt kuschelte er sich aber erst mal brav ins Bett, damit seine Eltern nichts merkten. Seine Mutter gab ihm einen Gutenachtkuss und schaute ihn besorgt an. „Ist mit dir alles in Ordnung?" Malte nickte. „Du hast doch keinen Durchfall? Oder was mit dem Magen?", fragte sie trotzdem. „Du hockst doch sonst nicht so lange auf der Toilette!"

„Nein, nein", sagte Malte. „Wirklich, ich bin okay, ich hab nur getrödelt."
Da löschte sie endlich das Nachtlämpchen und ging. Als Malte ganz sicher war, dass sie und Papa im Wohnzimmer einen spannenden Film im Fernsehen anguckten, schlich er sich ins Bad zurück.
Der Mond beleuchtete kalt und unheimlich klar den alten Garten und die Villa.

Gerade eben legte der knochige, dürre Herr seiner Dame ein dunkles Cape um, und jetzt . . . Malte blinzelte. Jetzt sprangen beide wie Flöhe auf die Fensterbank im ersten Stock. Das waren keine alten Leute, das waren Vampire! Und gerade eben verwandelten sie sich in Fledermäuse, breiteten ihre Flügel aus und stiegen in den Nachthimmel. Malte sah ihre Schatten vor dem blanken Vollmond, ehe sie im Dunkel verschwanden. Schaudernd verschloss Malte das Badezimmerfenster und verkroch sich ins Bett.

An den nächsten Abenden war die Villa eine einzige Baustelle. Es wimmelte nur so von Handwerkern. „Graf und Gräfin von Drak zu Kula lassen schwarzarbeiten", sagte Maltes Vater beim Mittagessen.

Und seine Mutter sagte: „Die Einladung ist ja schon für Samstag. Da müssen sie sich auch beeilen!"

Malte blieb fast die Pizza im Hals stecken. Einladung? Er schluckte. „Ihr könnt da nicht hingehen! Auf gar keinen Fall!"

Seine Eltern hoben gleichzeitig die Augenbrauen und starrten ihn an. „Hast du Angst allein im Haus?", fragte seine Mutter. „Wir sind doch genau gegenüber. Du warst noch nie ängstlich, Malte", wunderte sich sein Vater.
„Bin ich auch nicht! Ihr solltet Angst haben", rief Malte. „Diese Typen sind Vampire!"

Seine Eltern lachten.

„Vampire? Malte, deine Fantasie geht mit dir durch", behauptete seine Mutter.

Sein Vater aber sagte: „Ich hab mich in letzter Zeit bestimmt zu wenig um dich gekümmert, mein Sohn. Das holen wir nach. Am Sonntag, im Fußballstadion."

Malte hätte ja gern einen Luftsprung gemacht. Mit Papa zum Fußballspiel! Super. Nur: Am Sonntag konnte es für alles zu spät sein. Auch für Fußball!

Er musste sich etwas einfallen lassen.

Er musste seine Eltern schützen. Bloß wie? Sie sahen die Gefahr ja gar nicht. Sie waren die liebsten Eltern der Welt. Aber sie waren so unvernünftig wie alle Erwachsenen.

Am Samstag versuchte Malte es zuerst mit Knoblauchsoße zum Salat.

Aber sein Vater schob den Teller weg. Er mochte keinen Knoblauch. Pech, dachte Malte.

Er bastelte ein kleines Kreuz aus Streichhölzern und steckte es seinem Vater in die Hosentasche. Aber sein Vater nahm den feinen schwarzen Anzug. Die Hose mit dem Kreuz steckte er in den Korb für Schmutzwäsche.

„Mama", fing Malte an, als seine Mutter vor dem Spiegel im Bad stand und sich für den Abend schminkte. „Die Silberkette von Oma hast du lange nicht mehr angehabt." Er pendelte mit dem Kreuzchen vor ihrer Nase herum. „Sie steht dir so gut. Zieh sie doch bitte an!"

„Perlen sind aber edler", sagte seine Mutter. „Schließlich besuchen wir ein Grafenpaar."

„Dann dürfen aber auch keine Haarsträhnen aus deiner Frisur hängen", sagte Malte schnell und stopfte eine Locke unter die hochgesteckten Haare seiner Mama. „Warte, auf der anderen Seite hängt auch noch etwas herunter."
„Wie aufmerksam von dir, mein Kind", murmelte sie verwundert, denn normalerweise interessierte sich Malte weder für den Schmuck noch für die Frisur seiner Mutter.

Besorgt schaute Malte seinen Eltern nach, als sie Arm in Arm zur Villa hinübergingen. Natürlich legte er sich nicht ins Bett.
Er legte sich ein Kissen auf die Fensterbank im Bad. Dann setzte er sich darauf und bewachte die Villa des Grafen von Drak zu Kula.
Diesmal brannten überall silberne Kerzenleuchter. Zuerst standen alle Gäste nur herum und tranken roten Wein aus Kristallgläsern. Dazu tönte leise Musik zu Malte herüber. Beinahe hätte er sich beruhigt. Aber dann fiel ihm auf, dass seine Eltern die einzigen jüngeren Leute waren. Und die einzigen Nachbarn.

Außerdem trugen sie als einzige keine weißen Lockenperücken! Das hieß, sie schwebten in höchster Gefahr. Alle außer Maltes Eltern waren anscheinend Vampire! Malte knabberte vor lauter Aufregung an seinen Fingernägeln. Und dann . . . Graf von Drak zu Kula verbeugte sich vor Maltes Mutter. Er bot ihr den Arm an und führte sie zur Tanzfläche. Gleichzeitig nahm Gräfin von Drak zu Kula seinen Vater am Ellbogen.

Die anderen Gäste bildeten einen Kreis um die beiden Paare. Und jetzt . . . Malte sah es ganz genau . . . Der Graf schmiegte sein Gesicht an den Hals . . . ins Haar . . . Und da geschah es! Er verzog das käsefarbene Vampirgesicht. Malte sah die blitzweißen Vampirzähne und hörte ein fürchterliches,

grässliches, röchelndes und knallendes Geräusch! Graf von Drak zu Kula nieste, dass die Villa bebte. Maltes Mutter aber ließ er los, als hätte er Feuer angefasst! Sein Vater sprang hilfsbereit hin. Er riss sein Taschentuch aus der Brusttasche, und sämtliche Vampire kreischten vor Schreck, denn da baumelte Omas Silberkreuzchen vor ihren gierigen Mäulern! Malte rieb sich die Hände. Es hat geklappt!

Knoblauchzehen in Mamas Frisur und das Kreuzkettchen in Papas Taschentuch! Seine Eltern waren gerettet. Allerdings standen sie plötzlich allein in der Villa und guckten sich erstaunt um. Die Vampire flatterten nämlich völlig verschreckt als Fledermäuse dem Vollmond zu.

Wie gut, dass Malte sich mit Vampiren bestens auskannte!

Wenn Vampire sich verlieben

Violetta flog durch den Nachthimmel.
Sie lag einfach so in der Luft und ließ sich
treiben. Sie war sehr glücklich.
Neben ihr segelte nämlich Venetos, ein
wachsbleicher, wunderschöner Vampir mit
langen schwarzen Locken. „Violetta",
hauchte er jetzt und schlang seine Flügel
um sie, „du bist für mich die schönste
Vampirin unter dem Vollmond. Ich bin hin
und weg von dir! Ich liebe dich so tief wie
die tiefste Vampirgruft und so unendlich
lange, wie ein Vampir nur lieben kann.
Willst du mich heiraten?"
„Oh, Venetos, auch ich bin total in dich
verliebt. Du hast die schönsten und
schärfsten Zähne, die ein Vampir haben
kann. Komm doch bitte in der nächsten

Vollmondnacht auf unser Schloss. Wir haben Familientreffen. Ich möchte dich so gern allen vorstellen . . ."

„Ganz, wie du möchtest, geliebte Violetta", hauchte Venetos. „Ich werde pünktlich nach dem Abendessen erscheinen. Dann geben wir unsere Verlobung bekannt!"

„Du musst natürlich mit uns speisen“,
sagte Violetta, „meine Eltern wären sehr
gekränkt, wenn du erst nach dem Essen
kämst! Ich werde selbst das Ochsenblut
anwärmen. Dazu gibt es Spinnwebensalat
und geröstete Mäuseschwänze.“
Venetos schüttelte sich, als er das hörte.
Ochsenblut! Aber klar, die meisten
Vampire schlürften es literweise.
Man konnte es in großen Fässern im
Vampirsupermarkt kaufen.
Venetos fand es einfach ekelig. Er trank
nur roten Traubensaft. Doch genau das
konnte er Violetta auf gar keinen Fall
sagen. Violettas Familie verachtete
Vampire, die kein Blut mochten.
Fast alle Vampire taten das.
Sogar seine eigenen Eltern hatten ihn
deswegen verstoßen.

Venetos hauste seither bei seiner Tante
Viola Vampirella, die ein kleines,
baufälliges Schlösschen in einem
Weinberg besaß. Auch sie trank nur roten
Traubensaft, und noch lieber trank sie
Rotwein. Sie war Malerin und hatte Porträts
von vielen berühmten Vampiren gemalt.
Auch vom Grafen Drakula natürlich.
Was die anderen Vampire über sie dachten
und redeten, war ihr schnurzegal.
Ihren Lieblingsrotwein nannte sie
„Glühende Ochsenweide".

„Was soll ich nur machen, Tante Viola?",
jammerte Venetos, als er nach Hause kam.
„Wenn ich kein Ochsenblut trinke, wird
Violetta mich niemals heiraten."
„Ich hab eine Idee", sagte Tante Viola.
„Wenn du sie morgen triffst, fliegst du mit
ihr hierher. Wir werden ihr unseren besten
Rotwein vorsetzen. Trinkt sie ihn, ist alles
gut. Dann nimmst du zur Einladung ein
paar Flaschen davon mit. Mag sie ihn nicht,
dann vergiss sie!"
„Ich könnte sie niemals vergessen!",
seufzte Venetos und schlürfte sein Glas mit
Traubensaft leer.

Am nächsten Abend fragte Violetta: „Nun, nimmst du die Einladung zum Abendessen bei meinen Eltern an?" Venetos küsste Violetta und sagte: „Gern, meine Liebste, aber heute fliegen wir zu einem ganz besonderen Ort. Komm mit."
Tante Viola Vampirella trug ihr bestes schwarzes Seidenkleid – das mit den vielen Rüschen. Sie rauschte um Venetos und Violetta herum, goss die Gläser voll Rotwein und zeigte Violetta ihre Bilder. Violetta war begeistert. „Sie müssen unbedingt von Venetos und mir ein Bild

malen", sagte sie und nahm endlich einen tüchtigen Schluck aus dem Glas. „Was ist das denn? Es schmeckt wundervoll."
Violetta machte runde Augen, und dann machte sie „Hicks!" und trank noch einen Schluck. „Ist das auch wirklich Ochsenblut?"
„Es ist beste ‚Glühende Ochsenweide'", schmunzelte Tante Viola Vampirella. „Wir stellen sie selbst her. Darum schmeckt sie auch ganz anders als das Gesöff vom Supermarkt."
Violetta gefiel ihr.

Als endlich Vollmond war, steckte Venetos zwei Flaschen „Glühende Ochsenweide" unter seinen Vampirmantel. Dann kämmte er seine schwarzen Haare und flog zur Burg von Violettas Eltern. Er aß keine gerösteten Mäuseschwänze, und er trank auch kein Ochsenblut. Er schenkte Violettas Verwandten von Tante Vampirellas Ochsenweide ein.
Es schmeckte allen so köstlich, dass sie von da an gar kein Blut mehr mochten.

Zur Hochzeit von Violetta und Venetos tranken sie ein ganzes Fass leer. Tante Viola hatte es spendiert. Und sie hatte auch ein Bild gemalt. Auf dem strahlten die beiden Verliebten über ihre schönen wachsbleichen Gesichter.

Eine seltsame Freundschaft

Tief in den Wäldern auf einem Hügel und weit weg von den Dörfern und Städten der Menschen liegt die Burgruine Wolfenstein. In den finsteren Gängen unter den bröckeligen Mauern schlafen tagsüber die Vampire. Abends, wenn die Sonne gerade eben untergeht, kriechen sie aus der moderigen Gruft, verwandeln sich in Fledermäuse und schwirren davon.
Im Gemäuer über der Erde spuken zur Geisterstunde die Gespenster. Aber sobald die Turmuhren in den Dörfern ein Uhr schlagen, schlüpfen die Gespenster in ihre Mauerlöcher zurück.
Wenn die Vampire zurückkehren, morgens, ehe die Sonne aufgeht, schlafen die Gespenster längst wieder.

Am Tag dagegen liegt die Ruine leer und ausgestorben da. Einmal wanderten Wuffo Wolf und Wuffi Wölfchen in den tiefen Wald hinein. Sie waren, wie man leicht erraten kann, Werwölfe und hatten die große Stadt verlassen, weil sie Ferien machen wollten. Tagsüber sehen Werwölfe ja beinahe aus wie Menschen. Nur nachts, bei Vollmond, verwandeln sie sich in gruselige, wolfartige Wesen. Aber auch als Menschen sprechen sie nie wirklich normal miteinander. Sie blaffen und bellen.

„Die Ruine Wolfenstein gehörte mal deinem Urgroßvater Rollfuß Werwolfus", bellte Wuffo unterwegs zu Wuffi. „Er war ein großer Fußballstar. In seiner Burg wird es dir bestimmt gefallen."

„Wird es nicht", blaffte Wuffi Wölfchen, „es sind bestimmt weder Kinder noch Hunde dort. Und niemand, mit dem ich Fußball spielen kann. Ich werde mich furchtbar langweilen!"

„Wart's ab", bellte Wuffo zurück.

Gerade eben ging die Sonne unter, als die Werwölfe die Ruine auf dem Berg erreichten.

Die Vampire waren weg, und die Gespenster schliefen noch. Wuffi schaute sich um und bellte knatschig: „Was hab ich gesagt? Kein Wolf, kein Hund, nicht mal ein gewöhnliches Menschenkind."

51

„Ach, mach doch, was du willst. Ich geh jedenfalls auf Kaninchenjagd, damit wir was zu fressen kriegen." Das Gebell seines Vaters klang gar nicht mehr freundlich.

Also hockte Wuffi sich ins Gras und jaulte vor sich hin wie ein Kettenhund, der sich langweilt. Und weil gerade der Mond aufging, wuchsen seine Haare und Krallen. Sein Gesicht wurde noch ein wenig spitzer. Kurz, er verwandelte sich auch äußerlich in einen niedlichen, jungen Werwolf.

Weit weg hinter den Wäldern schlug eine Turmuhr. Sie schlug zehn Mal. Wuffi gähnte. Von Vater Wuffo fehlte immer noch jede Spur.

„He, wer bist du denn?", wisperte da eine Stimme im Mauerloch dicht über ihm. Wuffi drehte den Kopf und starrte in das bleiche Gespenstergesicht von Tussel.

„Siehst du doch, ein Werwolf!", blaffte Wuffi. „Noch dazu einer, dem es furchtbar langweilig ist!"
„Angenehm, Tussel von Tal zu Wolfenstein", sagte das Gespenst. „Ich bin immer zu früh wach. Aber bisher hab ich noch nie ein anderes Kind hier getroffen."

„Bin ja auch eben erst angekommen",
bellte Wuffi. „Kannst du Fußball spielen?"
„Weiß nicht", wisperte Tussel. „Hab's noch
nie probiert. Kann nur Kopfball. Das spiel
ich oft allein, bevor die anderen
aufwachen. Soll ich's dir zeigen?"
Und Tussel nahm ganz einfach seinen
runden Kopf ab, warf ihn in die Luft und fing
ihn mit dem Rumpf wieder auf. Sofort saß
der Kopf an der richtigen Stelle.

„Blödes Gespenst, kennt nicht mal Fußball!", winselte Wuffi.

In diesem Augenblick huschte etwas mit schwarzen Fledermausflügeln aus dem Kelleraufgang, der mitten im Burghof endete. Es war Bissi, der jüngste Vampir der Familie von Vamp zu Pir auf Wolfenstein. „Schon wieder zu spät! Hab verschlafen. Alle sind weg! Mist! Muss ich wieder allein Flugball spielen!" Und Bissi schleuderte einen kleinen, runden schwarzen Stein in die Luft und fing ihn mit den Flügeln wieder auf. Wuffi und Tussel starrten Bissi an.

„Wer bist du denn?"

„Na, Bissi natürlich. Ich wohne schon immer in der Gruft unter der Burg. Aber wer seid ihr denn? Euch hab ich noch nie gesehen. Könnt ihr Flugball spielen?"

„Nur Kopfball, schau her", wisperte Tussel und warf seinen Kopf in die Luft.
Bissi staunte. Dann klatschte er Beifall mit seinen Flügeln.
„Ich kann Fußball. Die Menschen spielen es. Ich bring es euch bei", bellte Wuffi begeistert und kramte seinen Lederball aus dem Rucksack. „Für Fußball braucht man eigentlich eine ganze Mannschaft. Aber drei Leute sind auch gut."

Tussel und Bissi stellten sich genau so auf, wie Wuffi es wollte. Bissi machte den Torwart, denn er konnte am besten fangen. Zwar schoss Tussel manchmal aus Versehen seinen eigenen Kopf ins Tor, aber das machte nichts. Die drei seltsamen Kinder wurden schon in dieser ersten Nacht dicke Freunde. Und das blieben sie Wuffis ganze Ferien über.

Draki, Pia und Solus Spitzbiss

Abends, wenn es dunkel wird, besucht mich mein Freund Draki Spitzbiss.
Wir setzen uns auf die Schaukel im Garten und erzählen uns gruselige Geschichten. Draki ist ein Vampirjunge, und ich, Pia Klebezahn, bin sieben Jahre alt und gehe in die zweite Klasse der Astrid-Lindgren-Grundschule. Draki gruselt sich vor meiner Mama, und ich grusle mich vor seinem Vampiropa Solus Spitzbiss. Er ist nämlich der älteste und bissigste Vampir überhaupt! Neulich war Draki sehr unglücklich. „Pia, ich bin krank", jammerte er. „Meine Eckzähne wackeln."
„Das ist normal", sagte ich. „Es sind Milchzähne, du bekommst neue, bessere, frag meine Mama!"

„Auf gar keinen Fall!" Draki biss in das Holz der Schaukel, so gruselte er sich. Meine Mama ist nämlich Zahnärztin, und vor Zahnärzten fürchten sich Vampire sehr. Ich lachte Draki aus. Aber da, knacks und plopp, blieben seine wackeligen Milchzähne im Holz stecken. Und auch noch beide gleichzeitig! Draki heulte laut los. Ich tröstete ihn natürlich. Und wir zogen die Zähne aus dem Holz.

„Schau her, bei mir kann man die neuen schon sehen!", sagte ich. Draki guckte meinen Kiefer genau an. „Stimmt", lispelte er, denn ohne seine Eckzähne konnte er kein S mehr sprechen. Und dann erzählte er, dass sein Opa in der vorigen Nacht auch seine Eckzähne verloren hatte. Und zwar für immer.

Und das kam so: Solus biss nämlich in eine Ziege. Er wollte ihr Blut schlürfen. Aber die Haut der alten Ziege war hart wie Leder. Knacks, brachen dem Solus Spitzbiss die Zähne ab. Ausgerechnet dem ältesten und bissigsten aller Vampire!

Die anderen lachten ihn aus. Nur Draki hatte Mitleid und brachte ihm einen Becher Hühnerblut und einen Strohhalm. Mürrisch schlürfte Solus sein Abendessen. Aber er blieb so schlecht gelaunt, dass nicht einmal Draki ihn ertragen konnte.
„Vielleicht kann meine Mama ihm helfen", sagte ich. „Komm doch mit deinem Opa morgen in die Zahnarztpraxis!"

Als ich am anderen Tag meine Mama in der Praxis abholen wollte, huschte etwas um meinen Kopf herum. Es war Draki. Er hatte sich in eine Fledermaus verwandelt, damit die Sonne ihm nicht schaden konnte.
„Hallo, Pia!", wisperte Draki. „Mein Opa sitzt unter der großen Tanne dort drüben. Bitte sag deiner Mama Bescheid. Ich hau lieber ab. Du weißt schon . . .!"
Also sagte ich meiner Mama, dass Solus Spitzbiss, der bissigste aller Vampire, auf sie wartete.
Meine Mama lachte. „Hol ihn nur herein, Pia". Dabei zog sie ihren Schal eng um den Hals. „Sicher ist sicher!"

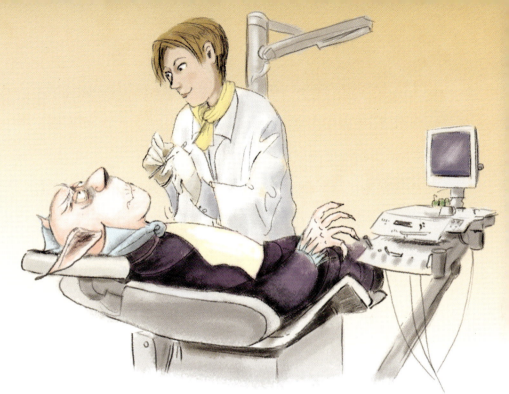

„Er hat aber doch gar keine Eckzähne, das ist ja sein Problem!", sagte ich, und dann brachte ich ihn in Mamas Praxis.
Zum Glück war der letzte Patient gerade gegangen. Solus Spitzbiss legte sich auf die Arztliege.
„Mund auf, bitte", sagte meine Mama.
Der Vampir verzog böse das Gesicht. Ich sah genau, was er dachte.

Wenn ich erst wieder beißen kann, beiße ich in den schönen Hals von Frau Doktor Klebezahn.
Meine Mama lächelte nur. Solus Spitzbiss öffnete den Mund.
Mama schliff an den kaputten Zähnen herum. Dann machten wir einen Abdruck mit der rosafarbenen Masse, die nach

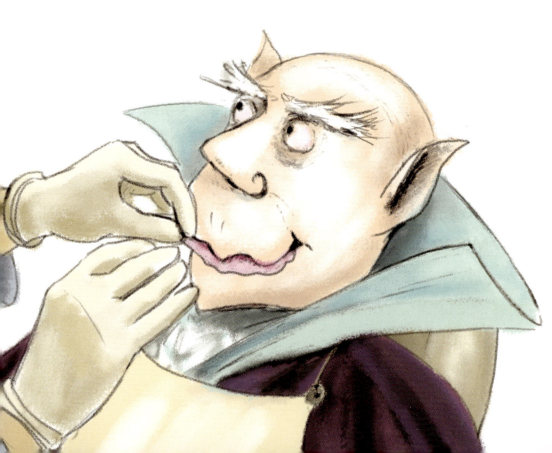

Kaugummi schmeckt. Was sie aus dem Labor holte, konnte Spitzbiss nicht sehen, aber ich. Sie bestrich die Zahnstümpfe mit Kleber und stülpte die neuen Zähne darüber. „Hol mal den Spiegel, Pia!"
Sie zwinkerte mir zu, denn Vampire haben ja kein Spiegelbild. Ich hielt Herrn Spitzbiss trotzdem den Spiegel hin.
„Perfekt", behauptete er. „Da will ich die neuen Beißerchen gleich ausprobieren!"
„Wie Sie wünschen", sagte meine Mama.
Sie nahm dem Vampir das Lätzchen ab.
Dabei drehte sie ihm den Rücken zu.
Solus Spitzbiss schwang sich von der Liege. Er schlang seine Arme um meine Mama und biss in ihren gelben Schal.
Ich quietschte vor Schreck. Was nun geschah, war schrecklich . . . für den Vampir!

65

Meine Mama warf ihn nämlich mit einem Judogriff auf den Boden, dass es schepperte!

„Denken Sie etwa, ich hätte ihnen bissfeste Eckzähne verpasst? Nein, nein, Herr Spitzbiss. Zähne aus Plastik sehen zwar perfekt aus, aber in Menschen oder Tiere beißen kann man damit nicht!"
Meine Mama lachte, und ich lachte mit ihr.
Da fletschte Solus Spitzbiss seine nutzlosen, neuen Eckzähne aus Plastik und zischte ab.
Wenn ich meinen Freund Draki wiedertreffe, erzähle ich ihm, was Mama und ich erlebt haben. Ich bin sicher, dass sein Opa Spitzbiss ihm kein Wort davon verraten hat!

LeseSafari

2. Klasse

Baumhausgeschichten
ISBN 978-3-401-09430-4

Glücksdrachen-
geschichten
ISBN 978-3-401-09318-5

Piratengeschichten
ISBN 978-3-401-09150-1

Ballettgeschichten
ISBN 978-3-401-08909-6

Ab 7 Jahren

3. Lesestufe

LeseSafari
Kurze Geschichten zu einem beliebten Thema

Geübtere Leser sollten mal auf Safari gehen! In mehreren Geschichten zu einem attraktiven Kinderthema gibt es viel Spannendes und Neues zu entdecken. Alle Geschichten sind von bekannten Autoren.

Kurze Geschichten zu einem Thema für fortgeschrittene Leser

Hoher Illustrationsanteil

Fibelschrift

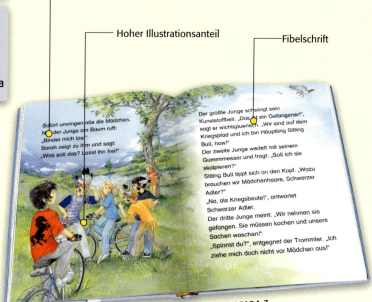

Innenseite aus „Pferdegeschichten" ISBN 978-3-401-08124-3

Jeder Band: Ab 7 Jahren • LeseSafari • Durchgehend farbig illustriert
72 Seiten • Gebunden • Format 15,9 x 21,1 cm • Mit Bücherbär am Lesebändchen

1. Auflage 2010
© Arena Verlag GmbH, Würzburg 2010
Alle Rechte vorbehalten
Einband und Illustrationen: Kathrin Treuber
Gesamtherstellung: Westermann Druck Zwickau GmbH
ISBN 978-3-401-09472-4

www.arena-verlag.de